詩集

僕と俺との
つぶやき
キャッチボール

足達 光夫
Adachi Mitsuo

風詠社

☆

このつぶやきを
ゆっくりと　ゆったりと
ご賞味下さい

目次

巻頭詩

なつのまちをいけば
やわらかい燈がうれしい
そして　わたしのからだも
やさしく　あかるみ
かすかに
くだものの　かほりさへする

八木 重吉

詩集　僕と俺とのつぶやきキャッチボール

○

すみません
　所詮
僕は　俺は
心のつぶやきのかけらを
あの福引抽選器から出た
一つの玉のように
　ことりと
出すしかないのです

風詠社の本をお買い求めいただき誠にありがとうございます。
この愛読者カードは小社出版の企画等に役立たせていただきます。

本書についてのご意見、ご感想をお聞かせください。
①内容について

②カバー、タイトル、帯について

弊社、及び弊社刊行物に対するご意見、ご感想をお聞かせください。

最近読んでおもしろかった本やこれから読んでみたい本をお教えください。

ご購読雑誌（複数可）	ご購読新聞
	新聞

ご協力ありがとうございました。

※お客様の個人情報は、小社からの連絡のみに使用します。社外に提供することは一切ありません。

料金受取人払郵便

大阪北局
承　　認

1357

差出有効期間
2020 年 7 月
16日まで
（切手不要）

郵便はがき

553-8790

018

大阪市福島区海老江5-2-2-710

㈱風詠社

愛読者カード係 行

ふりがな お名前				明治　大正 昭和　平成　　年生　　歳
ふりがな ご住所	□□□-□□□□			性別 男・女
お電話 番　号		ご職業		
E-mail				
書　名				
お買上 書　店	都道 府県　　　市区 郡	書店名	書店	
		ご購入日	年　　月　　日	

本書をお買い求めになった動機は？
1. 書店店頭で見て　　2. インターネット書店で見て
3. 知人にすすめられて　　4. ホームページを見て
5. 広告、記事（新聞、雑誌、ポスター等）を見て（新聞、雑誌名　　　　）

○

心を
つぶやいて
泣く程　心を狭くして
　そして
大声で　世の中に問うたところで
僕の行く道は
たったひとつしかないことを
　しみじみと思うのです

○

誰にもわからくていい
　だれにも分からなくてもいい
唯　俺の未来と過去が
一直線上に
ちょこんと
ある方向に乗っかっていればいい
　そう思う　今です

○

墓石の
枯れた供養の花に聞いてみた
生きるってのは
　何なんだい
彼はいう
それは
　それは・・・
枯れても
生きることなんだよ

○

評価してもいい
　評価されなくてもいい
唯　俺のつぶやきが
　この本を通して
存在していることを
　知ってもらえればいい
何の価値も産まなくてもいい
　走って　走って
つぶやきのかけらを
蹴り飛ばしてくれればいい

○

トボトボ
　ボタボタ
とぼとぼ　ぼたぼた
心が歩く
　心が通る
いつか
　いつかきっと
自分の最高の生き方を

○

今・・・
又　詩がかける
休火山の大噴火のように
　詩が書ける
そう思ったら
噴火の熱で
　心が解けていく

○

Fさん

貴方は

私の詩心を知ってくれました

分かってくれました

だから　ここに記します

人に何を言われようとも

貴方が知ってくれればいい

○

つれづれに
　徒然に
　思い立つ
70歳を前にして　書こう　詩《うた》おう
　後のことはどうでも・・・
今の　今の俺の心のままに
言葉に　文章に残すことだ
　決して自己満足ではなく
唯　ありのままに・・・

○

いかん　いかん
　つぶやいて　つぶやいて
心が少しも休まらない
　だから・・・
心に休止宣言
　　すると　すると
心が止まって
　夜の星が僕の心に
　　　　ふりそそぐ

○

詩を作る・・・
　違う　あぶり出す
油の中で　1コロ　2コロと
　つぶやきの塊が
ポンポン出て
　ポップコーンの爆発だ

○

秋
あ~きでもないのに~と
　くちずさみながら
しっかり自分の後ろ姿をみる
　栄光
　勝利
　ゴール
又　一歩前に

○

たんぽぽ　タンポポ
　ポポンタ　ぽぽんた
ひたすら歩く　僕の右目に
いるぞ　いるぞ　・・・俺を忘れるな
　いた　いた
根を張り　コンクリートも蹴飛ばして
その生命の力を
　僕は　唯　憧れる

○

ひっちゃかめっちゃ
　ひっちゃかめっちゃ
これは何
ペンが進み　心が追う
　　　追う
いいぞ
　それでいい
自分は自分　僕は僕
・・・後は彼方

○

できる　できる
永遠の眠りから覚めて
　マグマの心を　僕は想う
生きる全てを　この指で記す
　いいではないか　いいではないか
名誉も　存在もない
唯　唯　あなたの心に入っていきたい
拒絶されても　入っていきたい

○

形　僕はそればかり気にしている
容　俺はそればかり気にしていた
そもそも　サッカーボール
けれど何処かに飛んでいく
心はいい　心はいい
これを　す～ぅと　掌のひらに乗っけて
目の前で　落とす
君も　少し乗ってけよ

○

ＪＲ千葉駅
酔っぱらって
ウォ　ウォと歩く
電光掲示版を見て
　帰れる・・・
ホームに降りる
　車体に心を預ける
　　体よ　さようなら

○

冬に　雪

雪に　息遣い

僕はしゃっくり

コツンと雪の精に頭をつつかれたけれど

僕は自分の道を

しっかり掃いていく

○

勝手気ままに
　かってきままに
吐く　詠う
　この弾丸を
貴方は　いいです　よけて下さい
そして　もしも　貴方の足元に落ちたら
真実の奥の奥の心を
　じっと見つめて下さい

○

俺と僕
　僕と俺
心が強いときは俺
心が弱いときは僕
　でも　でも
その境界線を
　あのハードルの選手みたいに
いとも　簡単に　乗り越える

○

引っかかる
　ひっかかる
何で　何で
一生懸命　引き揚げたら
あらゆるものが　綱もペットボトルも
私の心に　ごちゃごちゃと
でも
　洗浄液で　スーと

○

5人の孫
行く末を思う心と
今の　この喜びと
複雑にモールして
後は　夏の花火
呟いて　呟いて
ちゃんと　心に残る

○

宙に舞う
評価されたら　宙に舞う
そして　落っこちたら
　ベトベト
何じゃ　こりゃ
焼きそばのソースのように
　宙からストーン

○

屁ヲこく
　妻が呻る
な〜〜に〜〜
猫のアンとポンが騒ぐ　見つめる
タンはいないけれどコメはいるよ
　すいません
家庭の事情を
僕は汗をかきかき説明する

○

自身に問う
　何だお前は
　　いいこぶって
何が言いたい
　　何を思う
存在
　自己の価値
蟻のようなこの存在
・・・もし　心ある人ならば
そーっと　そーっと踏みつけて下さい

○

シャワーの水滴のように
言葉がほとばしればいいな
僕は
排水口に向かって
ご苦労様でしたと頭を下げる
永遠では無い
現在のシャワー

○

8月15日
この日　皆　平和の事を思う
僕の心は　その尊さを
甲子園の砂の中に
踏み込み固め
そして
白球となって飛んでいく

○

生まれる　産まれる
　俺のつぶやきが
　僕の一人ごちが
全身全霊
　のたうちまわって
　へべれけで
モルモットの回転のように
一生懸命
　足を一歩出す

○

生きたい　生きたい
何度も　何度も
　脱皮する
そうカメレオン
　長い舌で
　　未来を探りたい
　　過去をおんぶしたい
身がざわざわとゆれる

○

研ぎ澄まし　研ぎ澄まし
　言葉の裏を　推し量る
アメリカのトランプのように
激しく
僕の全身で　批判の泡沫を受けたい
浴びて　浴びて
一枚の甲羅を創る
写真撮影　ＯＫ
　皆で肩を組んで
　　一直線

○

ぽん　ぽん
　泡のようにでてくる
僕のつぶやきのごった煮が
　僕の心の噴出物が
弾けて　君の心に迫る
　いいよ
団扇で　扇いで
　遠く飛んで　エベレストに
そして
　皆をじーっと見てる
大きく息をすって
　皆を吹き飛ばす

○

トットロ　トトロ
　トットロ　トトロ
蹴躓いて　蹴躓いて
　君はバスに乗る
僕はレンタサイクルで　追う
　肩を並べ　足を踏ん張って
君の全てを
一緒に背負う・・・幸

○

トントンと
　肩をたたいて
あからさまに息を吸う
　すると
又　つぶやきが浮上する
百万馬力
絶好調
　　　ストーンと
とんだ　どんでん返し

○

いとも簡単に
　いとも簡単に
あっさり僕を乗りこえる
・・・ずーっと先の
未来の先まで
僕はトボトボと歩くだけ

○

O君
これからも　ずーっと
心ボタン引っ掛けっこだ

○

8月初旬
夜　外に出たら
虫の音が響く
こんな暑い夏でも
ちゃーんと秋はくるんだね
そう　幻想

◯

心を研いで
　　　心を研いで
鉋か　研石か
　又　研いで　研いで
それでも　生まれてくるつぶやきは
　一生もの
　でも泡のよう
膨らんで　消えて
　それでも
僕の心の片隅に残る

○

故郷　生の原点は柏
降る郷　新潟　長岡　4年
　　ここが私の起点
真実を知り　明日の力を得て
　だから
だから
　何でも乗り越えて　乗り越えて
　　・・・俺は生きたい

○

俺と僕
酔っぱらっているのが俺
パソコンに向かっているのが僕
創造力溢るるのが俺
唯　凡　凡　凡の僕
　一心同体・・・
だから　つぶやきが生まれる
　画面上に詩が泳ぐ

○

俺と僕のキャッチボール
　僕と俺のキャッチボール
あの松坂投手のように
　ビューと
いとも簡単に・・・
心の壁を乗り越える

○

妻よ
さあ僕と
　　さあ俺と
グローブをつけて
つぶやきキャッチボールをしよう

○

S　S

このイニシャルを思い
50年
懸命に生きてきた
今の僕の全てをさらけだし
出発し　戻り　又前に
そして残った心は
やはりS
同じ時空で呼吸した
この事実だけで
僕は　僕は　完走できそうです

唯

唯

ありがとうございます

8・24に

あとがき

こんにちは、おはようございます、こんばんは

最後まで、私の稚拙な詩集を読んで頂き本当にありがとうございました。

第2集から30年、やっと第3集が発刊できました。同志、飯塚國光氏より素晴らしい句集を贈呈され、それがきっかけになりました。自分も詩集を出版したい。70歳を前にして心のつぶやきを形にしたい、との想いをここに表現することができました。

皆さん、何を語っても結構です。何を思っても結構です。でも私には聞こえます。貴方のホッとした、一瞬の息遣いを。

尚、この詩集は、書店、アマゾン等のインターネット書店で購入もできます。

最後に色々アドバイスをいただきました、風詠社の大杉様には感謝にたえません。

それでは、皆様のご多幸を祈らせていただきます。

足達　光夫（あだち　みつお）

1949年千葉県柏市生まれ　東葛飾高校、新潟大学工学部卒
現（有)足達商店　(有)アダチ住設・販売　代表
著書に『紅い雲』（東葛文芸）『座席』『未来と猫と』『乳首』
『盾て看と水溜り』（長岡文学）『詩集　ある流れの中で』『詩集
心に残る人々へ』

住所　〒277-0033 柏市増尾6-26-27
E-mail：adati@ec5.technowave.ne.jp

御感想をお聞かせ下さい。

詩集 僕と俺とのつぶやきキャッチボール

2018年12月19日　第1刷発行

著　者　足達光夫
発行人　大杉　剛
発行所　株式会社 風詠社
〒553-0001 大阪市福島区海老江5-2-2
大拓ビル5-7階
TEL 06（6136）8657　http://fueisha.com/
発売元　株式会社 星雲社
〒112-0005 東京都文京区水道1-3-30
TEL 03（3868）3275
装幀　2DAY
印刷・製本　シナノ印刷株式会社

ISBN978-4-434-25516-8 C0092